27 episódios diante do espelho

Daniel Osiecki

KOTTER
EDITORIAL

Coordenação editorial: Sálvio Nienkötter
Editor-executivo: Daniel Osiecki, Raul K. Souza
Editora-adjunta: Francieli Cunico
Foto da capa: André Osiecki
Capa: Conde Baltazar
Editoração: Carlos Garcia Fernandes
Produção: Cristiane Nienkötter
Revisão e preparação de originais: Diana Nagorski

Dados Internacionais de Catalogação na Publicação (CIP)
Angelica Ilacqua CRB-8/7057

Osiecki, Daniel
27 episódios diante do espelho / Daniel Osiecki. -- Curitiba : Kotter Editorial, 2021.
216 p.

ISBN 978-65-86526-91-2

1. Poesia brasileira I. Título

CDD 21-0443

21-0443

Kotter Editorial Ltda.
Rua das Cerejeiras, 194
CEP: 82700-510 - Curitiba - PR
Tel. + 55(41) 3585-5161
www.kotter.com.br | contato@kotter.com.br

Feito o depósito legal
1ª Edição
2021

27 episódios diante do espelho

Daniel Osiecki

Prefácio

Ao chegar em minhas mãos mais um livro de poesia (pelo menos é esse o gênero informado na ficha catalográfica), me veio também à cabeça a seguinte questão (a parafrasear Brecht): O que há mesmo para ser cantado em tempos tão sombrios? Sem uma resposta minimamente satisfatória de minha parte, fui ver o que encontrava neste último volume da chamada *Trilogia amarga*, de Daniel Osiecki. Por outro lado, é preciso reconhecer, já tendo lido os títulos anteriores (*fellis* e *Morre como em um vórtice de sombra*), eu estava bastante curioso em saber como se encerraria este pequeno conjunto de obras produzido pelo autor. Comecei, então, a leitura de "27 episódios diante do espelho", que já de início parecia avisar: Ao entrar, deixe suas esperanças do lado de fora, pois aqui não haverá Virgílio a guiar Dante pelo inferno, muito menos a guiar você, leitor.

Partindo de uma estrutura que dialoga com o texto dramatúrgico, Osiecki nos entrega uma obra fragmentada, estilhaçada, mas que às vezes lembra um poema narrativo, com sinais, aqui e ali, de um fio condutor. E seria isso poesia? Não importa. Uma resposta categórica sobre gêneros, nesse caso, seria desperdício de tempo, pois o que o autor menos espera é sanar nossas dúvidas. Por isso mesmo, nos oferece uma estrutura oscilante, construída a partir de uma arquitetura textual atravessada por distintas vozes, gêneros literários e extraliterários. Neste livro, ecoa um Manoel Bandeira pelo avesso. Há o trecho de uma canção de Chico Buarque (num típico processo de colagem). As palavras dançam nas páginas evocando Mallarmé e Maiakóvski. A tipografia, em certos momentos, surge em tamanho maior. Uma transmissão radiofônica interrompe o fluxo de leitura. Há listas de palavras. Há a presença de um diretor e de um coro de teatro lançando imperativos ao poeta personagem. E muito mais. O que demonstra o desejo de que "27 episódios..." se comunique e gere sentidos a partir de variadas técnicas e procedimentos inspirados naquilo que de melhor produziram as vanguardas do século passado e que o autor conhece muito bem.

Ao lançar mão do heterodiscurso, Osiecki engendra uma espécie de polifonia para nos revelar o quanto o seu fazer literário se opõe ao discurso único e fechado, à leitura única e fechada, e o quanto é antagônico à necessidade de dar a última palavra. Diante da atualidade, em que o autoritarismo emerge de dentro das próprias democracias liberais, temos o escritor a empunhar sua pena contra o monologismo. Não é de se estranhar que o conceito de polifonia tenha sido reflexo (em oposição) daquilo que o filósofo da linguagem russo Mikhail Bakhtin entendeu como sendo dogmático, autoritário e monológico dentro da sua própria sociedade. Parecendo estar ciente disso, Osiecki nos entrega não apenas um livro com apuro de linguagem e questionador. Conforme avançamos na leitura, descobrimos estar diante de uma obra de forte caráter político nascida num país em que fascistas e militaristas não param de se multiplicar, alimentados no desejo de calar e até mesmo aniquilar o outro (o diferente). Num dos episódios, os poetas, reprimidos pela cavalaria militar, são aconselhados a "contemplar enquanto podem", pois, claro, devem desaparecer da província. Não seria isso também a representação de um tempo presente nada propício às subjetividades, ao pensamento crítico, aos conflitos existenciais e à abstração? Não à toa temos o espelho - símbolo que atravessa toda a obra - como objeto metafísico a refletir a interioridade densa que o poeta carrega consigo.

Mas, Daniel Osiecki, é bom que se diga, não escreve apenas para atormentar a nossa consciência com seu "lirismo de pústulas" ou arrancar pela raiz todas as nossas esperanças, escreve para que saibamos que se não há muito (ou nada) a cantar nestes tempos sombrios, ao menos podemos sobreviver em meio ao obscurantismo com o uso inteligente da palavra, com a arte e a literatura. E isso, caríssimo leitor, já é muita coisa.

Paulo Sandrini

Junho de 2020

Sumário

Quando nasci, um anjo torto
Desses que vivem na sombra
Disse: Vai, Carlos! Ser gauche na vida.

As casas espiam os homens
Que correm atrás de mulheres.
A tarde talvez fosse azul,
Não houvesse tantos desejos...

Carlos Drummond de Andrade, Poema de sete faces (1930)

Trilogia amarga:

fellis (Penalux, 2018)
morre como em um vórtice de sombra (Kotter, 2019)
27 episódios diante do espelho (2021)

para diana, que reside e resiste.

EPISÓDIO 1

CORO

pega a pena e vai
se debruce sobre os desvãos da memória

assim como vós,
penso em
refutar
quaisquer
que
sejam
quaisquer que sejam
as histórias do cárcere
histórias do
cárcere
os carcereiros gritam
com as mãos nos olhos
rogam aos céus
para um deus inclemente
com ouvidos moucos
não cessam seu rogo ao paraíso eterno
repleto de jardins verdes
e de virgens
lúcidas
entregue-se conforme seu desejo, anjo incréu
cuspa nessa cruz que carrega
apenas quando
cai o véu
liberte-se como
almejas
vejas
o que quer que sejas
no fim do
dia
abstrato.

CORO

ajoelha-te e rasteja,
verme infame que aponta a mão para o inocente.
verme infame que monta
que desce
que desvanece
e que tende a abolir
a lucidez.
vamos, beba tudo de uma vez.
tudo de uma vez
que desce pavorosa
dos céus e te arrebata
                        os
                            sentidos
                                        irrefletidos.

PLATEIA

gritos e urros de furor.
“infâmia! heresia! baixaria!
queremos o dinheiro de volta!”

DIRETOR

e agora?

(iluminado, às pressas, desliga os refletores).

silêncio

a ideia que o persegue está mais presente do que imagina.
essa ideia que o perscruta existe no fundo do copo de vinho, na fumaça do cigarro,
no mistério
que é
a própria noite.
a ideia que o persegue
se materializa
nos animais noturnos
acuados que gritam
seu quinhão de afeto
pelos côncavos da rua.
a ideia que o cerca
apaga-se com um toque.
a ideia que se move
provê,
        para o insone,
sua matéria-prima,
sua angústia
seus estertores
e achaques existenciais.
a ideia, mesmo que repetitiva,
o surpreende em cada encontro consigo próprio
diante do espelho.
os estilhaços que ficam do espelho partido
cortam seus pulsos
e a ideia morre.

interferência de transmissão da rádio de uma igreja neopentecostal

irmãos,..., sim,

..., pois os poetas...,

toda a sociedade...

animal noturno acuado
que se debate entre
os desvãos oníricos.
luta pelo verso inacabado
que nunca se completa.
apenas lembre-se
que joão cabral já fez o que você pretende.
pessoa também, em uma noite.
erga seus braços
até a copa da árvore oblíqua que te perturba.
seu amigo notívago ainda vive em sua memória que nunca se acalma.
é por estes caminhos obscuros que aparecem suas sinapses incertas.
enfrente-as
de uma vez
por todas.
lamente-se de
uma
vez
por
todas.

de mãos fechadas
sai para as sombras.
sempre de punhos em riste
me liberto
de mim mesmo
diante do espelho.
meus estilhaços me devoram
na noite eterna
eterna
mente!
interna, mente
eternamente uma
voz
    oblíqua.
facínora que és tensa
desde meu bom senso
à minha licença poética
por meio de
um breve
            olhar no espelho.

EPISÓDIO 2

espera os reflexos que vêm da tormenta.
ela atormenta e tira o sono.
sois vós?
somos nós.
eles sabem que o que fica,
que tudo aquilo
que dá na estica,
cada cigarro e
cada verso sofrido pelos quais o poeta labuta,
somem em uma nuvem
pela noite de inverno.
é por isso, e por nenhum outro motivo,
que choramos.

quando me encontro
com aquelas vozes
que surgem dos becos
desta cidade,
ouço apenas a sua.
sou fraco e facilmente
substituível,
você sabe.
entre nesse antro nefasto
que é meu coração,
beba um gole do veneno
que escorre
                    por meus lábios.
beba deste sorvedouro
inquieto
que aniquila
minhas suaves sendas
com sonoras sinapses.
aniquile, querida!

quando chego em casa, já de madrugada,
não vejo meu rosto quando olho no espelho.
há um imenso vazio no vão escuro
no meio da moldura que
me oprime.
oprime todos os vãos e desvãos da memória.
da fala
do falo
do falo no centro
do falocêntrico indivíduo na mesa de centro.
do alvo que leva
seu olhar
ao
centro vermelho.

madrugada alta
noite voraz.
seu rosto se forma
na fumaça
                    do cigarro.
minhas mãos passeiam
por seu corpo
que estremece
                    em silêncio.
você busca a palavra
                    que não vem,
gemendo em meu ouvido.
esses olhos oblíquos,
por trás das lentes,
me devoram
em transes metafísicos.

canto

o cisco

ocioso

no soalho

só

olho

seu

ventre

sobre

suas

sombras

EPISÓDIO 3

"senhoras e senhores, com vocês,
howlin' wolf,
spoonful"

o ladrão da meia-noite traz as más notícias.
luto para entender o que
ele diz,
tento permanecer com os olhos abertos.
mas o que sai de sua boca são apenas
névoa
e
sonhos.
espero o ladrão da meia-noite que aparece como o arauto
de delfos:
embriaga-se de vinho
e de uma força
premonitória.
me traz a notícia que não quero ouvir.
deixe-me em minha
redoma
de
sonho.
não saio por nada,
nem por seus
versos
contraditórios
nem por seus pesadelos obscuros.
nem por
suas
linhas
tortas
que são minhas.
minhas extensas linhas
que se partem
com a voz
do ladrão da
meia-noite.

CORO

O POETA DESEJA SER OUVIDO, VOSSA EXCELÊNCIA;
O POETA RECLAMA SEU DIREITO CONSTITUCIONAL DE OCUPAR O LUGAR
[QUE LHE É DEVIDO.

JUÍZ

QUE ENTRE O POETA. CONVENÇA-ME.

(LUZES SOBRE O POETA)

excelência, conclamo a vós para tomar meu testemunho neste
episódio obscuro.
quem de vós, aqui, hoje, agiu como justo? agiu de boa fé?
quem de vós, aqui, hoje, proferiu sentenças sem olhar para o
espelho?
sem acariciar o ego, sem ser cínico por um minuto que fosse?
quem de vós, aqui, hoje, não culpou inocentes?
quem aqui nunca se prostituiu,
quem nunca levou vantagem?
senhores, sois vós os culpados por toda ganância,
cinismo
apatia
ideias obtusas
palavras ao vento
voto de cabresto
sim, senhores, sois vós os verdadeiros culpados pela terra
infértil.
pela mente vazia
pela arma que grita
e mata a beleza
que mata a ideia
o ideal
o idealizado.

JUIZ

O POETA AGE COM LEVIANDADE DIANTE DESTA CORTE, O QUE NÃO PERMITIREI QUE CONTINUE ACONTECENDO AQUI. PORTANTO, O SENTENCIO AO PIOR ESQUECIMENTO NAS MASMORRAS DA PROVÍNCIA.

(o poeta está diante de um júri de encapuzados. olha nos olhos de todos. lamenta com um breve aceno negativo com a cabeça e pede seu derradeiro direito de resposta).

todos vocês do júri que se prestam a esse serviço não têm direito moral algum em me julgar, muito menos condições para tal.
mas é também por isso que decido acatar vossa sentença e retirar-me, como sentenciaram, às masmorras escuras e frias da província, para não ser lido, criticado, estudado e tampouco analisado, e, assim, ser condenado ao pior castigo para um artista: a indiferença, mas muito comum aqui por estas plagas.
isto posto, retiro-me. sem mais.

JUIZ

SE O ACUSADO NÃO TEM MAIS NADA A PROFERIR, DECLARO ENCERRADA A SESSÃO DESTA NOITE.

(o juiz bate o martelo e todos se levantam; o poeta se retira rapidamente e desaparece no breu da província. nunca mais foi visto pela região).

SESSÃO ENCERRADA

EPISÓDIO 4

na capital, o poeta faz resenhas cinematográficas. porém, secretamente, prepara uma sequência de quatro sonetos políticos.

CORO

“VINDE, Ó NOBRE POETA, PARA O CÍRCULO VICIOSO DO QUAL NUNCA SAÍSTE. SUAS BACANTES O CHAMAM”...

degradação

você tem vivido apenas comigo
aqui neste espaço exíguo que mata
transbordando de ar e de perigo.
abundam cínicos de toda malta.

não olho mais no espelho nem no escuro.
aviso meu reflexo para sempre
que olhe meu rosto que vem do futuro.
chega de ídolos que não me tentem.

eu fujo para longe da cidade
que nunca sai para depois do muro.
deixando-me perdido sem vaidade.

degradação moral do júri obscuro
vai sempre para além de sua idade
que grita mas nunca cai de maduro.

sarjeta

pois decidi fazer versos com fúria
só para chamar atenção das putas.
eu vou atear fogo em toda cúria.
nos fardados e em todos os recrutas.

vou queimar os versos do paraíso.
vou destruir os santos do céu falso.
eu não busco redenção nem juízo,
para seu deus morto no cadafalso.

saio da sarjeta e começa a fome.
sou como um burguês que luta na guerra
ou contra o sistema de sua prole.

sou um louco que busca sua terra
enquanto em desespero não tem nome.
anônimo invisível sempre berra.

espectros

olho para trás quando ouço meus passos
eu nunca me convenço que estou vivo.
tremo sempre com seus beijos e abraços.
meu reflexo no espelho redivivo.

minha imagem sempre confusa e torta,
só reflete no escuro o que imagino.
sei que minha solidão te conforta.
você quer que eu continue perdido.

eu estou perdido em teu mundo obscuro,
aquele que você nunca olha ao lado.
mesmo que nesta aura de fim de mundo.

decido correr sem ouvir o bardo
que vai cantando versões do submundo.
e tudo o que sobra é seu gosto amargo.

retorno

vou juntando os despojos da derrota
olhando a sombra que me olha do espelho.
eu sei que apenas comigo vou à forra
antes de chegar ao vulto vermelho.

saída por entre escombros e sombras,
não posso carregar nada comigo.
eu não vejo nada em você que escondas
restos de tudo que foi um amigo.

pois eu volto para dizer que a escrita
segue viva enquanto gritamos alto.
a queda dos meus versos segue aflita.

o retorno prova que estou no alvo,
da força invisível que não se aplica
aos artistas que seguem sãos e salvos.

EPISÓDIO 5

SE DESVENCILHA DE SUA PRÓPRIA DIÁSPORA
COMO SE NÃO HOUVESSE MAIS NINGUÉM EM SEU
CAMINHO;
ENTRE UM VERSO E OUTRO, BUSCA AO REDOR TUDO
AQUILO QUE NÃO PODE VER...

qual a sensação de fellini ao flertar com a nouvelle vague?
por que 8 ½
incomodava tanto?
8 ½
películas que
o levaram a se camuflar nessa onda
abstrata
que paira
sobre todos nós.

abstrato
abstrato
abstrata

abs
trato
abs
trato
abs
trata
abstrato
abstrato
...

você retorna do outro mundo com sangue nas mãos
enquanto
eu tento alcançar seu rosto.
falhas em meu rosto
farpas em
meus olhos.
farpas entre nós, como sempre foi e como nunca deixará de ser.
você se despe em minha frente mesmo a mil quilômetros de distância
nos reencontramos como estranhos entre espinhos metafísicos.
como vórtices metafísicos
nesta estrada de amargor,

de fel.

como é possível sentir falta deste vão louco e voraz que nos consome?
amargando meus próprios rancores delego a você o papel da ausência que transborda
[sempre em meu lado.

quase não nos vemos mais.
como faço para tocar neste teu rosto impassível?
você vai voltar com suas mãos ao alto e com um sorriso para agradecer as flores que
[deixei em sua porta?

27 rosas vermelhas, que não arrebataram nada com coisa alguma.
imagino você lendo meus poemas à meia-noite
quando tudo já está mudado
quando tudo já está destruído
quando tudo já será diferente
quando nada será como antes.
imagino você sozinha lendo meus poemas
com aquele desejo
obscuro e obsceno que só você consegue manifestar,
pois todo o resto já não tem mais graça
nem aqui
nem em outro
lugar.
imagino você lendo a dedicatória que levei três horas pra acertar.
imagino você vermelha ao se deparar com a quantidade de cu, pau e boceta que aparecem
[em meus livros,

imagino
ima

EPISÓDIO 6

ele não faz nada que não tenha sido tentado antes.

não escreve nada inédito não por que não consegue, mas porque não sente mais aquela
[necessidade telúrica. seu desejo morreu.

seu desejo morreu ao sair da província
prova
província
prosa
poética.

não tenta aproximação alguma com a mulher por quem é apaixonado
não frequenta o mundo real
verdadeiro.

não se olha mais no espelho
sente que já morreu para si próprio.

o riso de escárnio dos poderosos vai cair, vai ruir.
a voz autoritária que vem de cima, vai calar.
o toque agressivo do algoz vai sentir a ira de suas vítimas.
as vítimas não mais se calarão
                                        não mais beijarão o chão
não mais temerão as intempéries
                                            vívidas que nos
assolam diariamente.
                            as vítimas não mais gritarão em silêncio
para ninguém ouvir.
                          as vítimas não mais terão medo
                                                                  não terão
                                                                              pavor.
as vítimas triunfarão sobre os ditadores, cínicos, demagogos, falsos profetas e toda súcia
                                                                                                                        [que os acompanha.
as vítimas não serão mais vítimas
                                            não serão mais gado
                                                                      nem serão
mais moeda de troca.
uni-vos, pois não haverá mais vítimas.

EPISÓDIO 7

CORO

"CONTEMPLEM ENQUANTO PODEM, Ó, NOBRES ARTISTAS,
A CAVALARIA SE APROXIMA.
A CAVALARIA SE APROXIMA".

DIRETOR
(pede que o iluminador dê ênfase ao poeta, pois é o foco da resistência).

ILUMINADOR TREME COM SEU CIGARRO ACESO, TEMENDO REPRESÁLIAS.

"sabe, no fundo sou um sentimental. todos nós herdamos no sangue lusitano uma boa dosagem de lirismo (além da sífilis, é claro).
mesmo quando as minhas mãos estão ocupadas em torturar, esganar, trucidar, o meu coração fecha os olhos e sinceramente chora".

Fado Tropical, Chico Buarque (1973)

em como sete membros da cavalaria atuaram no 7º episódio.

PAU
PEDRA
ARMA
TIRO
CHOQUE
CAVALOS
SONHOS
DESFEITOS
PRAZERES
INCONTÁVEIS
DISSABORES
ENFRENTAMENTO
SANGUE
MEMÓRIA
REALIDADE
REAL
IDADE.

mantenho-me alerta na véspera do confronto.

farda limpa, asseada, porrete lustrado, pronto para desferir golpes necessários.

geralmente fico sem comer, porque chego na batalha muito mais pilhado pro confronto.

gosto do que faço.

gosto muito do que faço
                                        faço
                                               faço
                                                      facho
                                                               fácil
                                                                      faço.

GRITO
ESCOLHO
ESCOMBRO
ESCORREGA
SANGUE
ALVO
NORTE
FÁCIL
FAC
SÍMILE
FERRA
FÉRETRO
FÁCIL
FOICE
FECUNDA.

meus colegas esperam a hora certa de agir
hora certa de agir
ágil
agir
agora
na
ágora.
só entro quando vejo o sangue, sempre quando vejo
o sangue.
entro, sempre, quando vejo o sangue
sempre quando sinto o sangue
sempre quando sinto o cheiro do sangue
do seu sangue
quando sinto o gosto do seu sangue
do meu sangue
sinto o frescor do seu sangue
o frescor do seu sangue
que
segue
o teu sangue.

ao meu comando, pelotão: ATACAR! MARCHEM! AVANTE!

à distância ouço minha própria voz, vejo meus próprios comandos e meus próprios desejos.
à distância sinto maior prazer, um prazer extremo
só possível
na penumbra, como voyeur que sou,
fico estático observa
o confronto
conflito
luta de classes
classes
classificam como
inertes.
recebo à distância a recompensa por bravura
bravata
bradando
s o l i t á r i o à distância.

SEM ARMAS
SEM DISCURSO
SEM SOLDO
SEM COMPANHEIROS
SEM FAMÍLIA
SEM LUGAR AO SOL
SEM VOZ
SEM VEZ
SEM PRECEDENTES
SEMPRE PRESO
SEMPRE À MARGEM
SEM PRECISAR DE NINGUÉM
CONTRA
        A PRÓPRIA VONTADE
CONTRA O COMANDO SEM SENTIDO
COM MANDO SEM SENTIDO
SENTIDO
COMANDO
            SENTIDO
                    NAS VÍSCERAS.

na reserva meu comando não vale mais nada.
não valho mais nada
                    ou coisa que o valha.
gosto de sangue
gosto de sangue
                sangue com gosto de memória.
gosto dessas lembranças com gosto de sangue.
gosto de sangue
                gosto de sangue
                                eu
                                 gosto
                                    de sangue.
eu vivo com gosto de sangue.

não sei o que acontece aqui
sei que tenho que pôr pão
na
mesa.
sangue?
não vejo.
sangue?
não sei se quero saber
não sei se quero ver.
só preciso voltar para bater continência e botar pão na mesa.
finjo que não vejo sangue enquanto eles gritam.
escorre sangue
enquanto eles gritam.
sei que vejo sangue enquanto eles gritam.
realmente vejo sangue enquanto eles gritam?
eles gritam?
sei que o sangue escorre enquanto me calo.
sei que também há sangue em minhas mãos
e por todo o meu
corpo.

EPISÓDIO 8

DAS INDIVIDUALIDADES

você sabe que morro pela manhã.
você sabe que, por mais que eu tente, morro pela manhã.
nunca estive em um lugar sem que eu ali não estivesse.
nunca amei alguém sem não fazer parte da relação.
ela nunca me beijou sem que eu não estivesse com os olhos fechados. eu nunca gritei
            sem
                que fosse com
                                minha própria voz.
nunca olhei no espelho sem que minha imagem lá não estivesse.
sei que não é possível para você,
                                  mas nunca olhei em
seus olhos sem que estivesse olhando os meus próprios.
nunca acreditei no paraíso, pois lá já estive
                                              ao acordar
em teu colo.
nunca estivemos juntos no mesmo espaço
                                             nunca nos
abandonamos na companhia um do outro.

EPISÓDIO 9

DAS INCONGRUÊNCIAS

bandeira revisitado

não vou-me embora
não vou-me embora pra nenhum lugar.
não sou amigo de ninguém
                    não tenho mulheres
                              em cama alguma
e que muito menos poderia escolher.
não vou-me embora pra lugar nenhum.
não serei feliz em lugar algum.
                    pra que sair do lugar?
joana, a louca da espanha, era sã.
impossível ficar mais triste do que agora,
                         portanto,
não irei a lugar algum.
não sou e nem serei amigo do rei.
certamente terei vontade de me matar
                         pois não sou amigo
                                   do rei.

EPISÓDIO 10

libertino infiel que sou
corrompo seu ser de luz.
obsceno maldito que sou
destruo sua alma que nunca existiu.
mentecapto alucinado que sou
estilhaço minha identidade em fragmentos que cortam meus pulsos.
bêbado leviano que sou
embriago-te com fervor dionisíaco.
misantropo acuado na própria caverna que sou
observo teus movimentos de longe.
iconoclasta incendiário que sou
queimo teu crucifico com a brasa do cigarro
                                        embebido em álcool.
poeta da província que sou
canto minha solidão
                        sem amarras e sem interrupção.
poeta da província que tentei ser
perco você para sempre.
poeta sem imaginação que fui
                              encerro o verso com uma gota de
sangue.

EPISÓDIO 11

DIRETOR: INTERREGNO

canto dos desvalidos
o som vem de longe
bem longe
bem longe
muito longe
um canto suave, gentil, sonoro
lá de longe
de muito longe
nesse ritmo abstrato de um legítimo desvalido,
de um legítimo pária.
você identifica esse canto sombrio e
sonoro
que invade teus
tímpanos?
é o canto dos desvalidos
a romaria dos crucificados
o desfile dos homens invisíveis.
você não ouve esse canto que vem lá de longe?

EPISÓDIO 12

CANTO DOS CRUCIFICADOS

cospe nas chagas de quem jaz ao lado
cospe nas chagas de seu companheiro de martírio
de quem também carrega essa cruz.
face atroz dessa realidade torta
que não cabe em um único verso.
                                        não cabe em um único verso.
grita aos céus enquanto, com mão acusatória em riste,
culpa outro crucificado como tu
                                      outro crucificado como eu
toda uma horda de desvalidos insones.
PAI, POR QUE ME ABANDONASTE?
grita ao pai
        grita ao irmão
                  grita a vós
mesmo que apenas o silêncio ecoe por estes tímpanos
não importa, grite para todos
                                   grite por todos, pois precisas
ser escutado.
aqui não há perdão, mesmo que eles não saibam o que fazem.
atire sua coroa de espinhos ao próximo crucificado.

EPISÓDIO 13

CANTO DOS VISIONÁRIOS

AFAGO
OUTRA FACE
DESENLACE
QUEDA
TORTURA
SANGUE
PORÃO
ALGEMAS
CORRENTES
PAU DE ARARA
CHOQUE
TROPA
TROPA DE CHOQUE
FARDA
FALSA
FALA FALSA
FALA FALSA DA FARDA
VOLTA
MOVIMENTO CÍCLICO
CIRCO
REDENÇÃO

EPISÓDIO 14

como ficamos depois do retorno?
as respostas que não vêm nos mantêm acordados
um ao lado do outro,
como sempre foi.
entre um gole de vinho e uma carícia sutil, ouvimos, juntos,
os mesmos gritos, as mesmas vozes
de um inferno comum.
nos tornamos bestas para nós mesmos
nos tornamos cegos para nós mesmos
nos tornamos mudos para os outros.
digo que meu nome é legião, porque somos muitos.
nos convidamos à saída
um ao outro.
Mesmo que nunca
mesmo que nunca tenhamos dirigido a palavra um
ao
outro.

EPISÓDIO 15

vejo seu regaço
                    que roga ao inferno
as regras de um anjo decaído.
decaído como estes versos.
maldito como quem os canta
infame para quem grita, para todos os cantos,
que o verso morreu.
todos morremos quando gritamos nossa angústia para os outros
todos morremos quando os poetas cospem seu lirismo em pústulas
tuberculosas que nos invadem.
todos morremos.
vejo seu regaço
                    que roga ao inferno
todo corpo nu, livre de amarras, livre de chagas metafísicas.
esse ar pestilento que emana destes versos obscenos que se pretendem dionisíacos,
arrebatam o próprio poeta para longe.
vejo sua voz
                que roga
                        ao inferno...

EPISÓDIO 16

(ENTRE 13 E 22 DE DEZEMBRO DE 1968)

CARTA DO PAI AO FILHO

AO SOM DE "A CAVALGADA DAS VALQUÍRIAS", DE RICHARD WAGNER.

morrer pela pátria, meu filho, como um verdadeiro patriota.
segure este fuzil
mire
atire
mate
mate a sede que te consome
                                        esqueça quem some
                                                                  suma com quem grita.
morrer pela pátria, meu filho
                                        é tarefa nobre
                                                            tão nobre quanto
esta farda que vestes.
esta pátria que protege
                                    é grande, meu filho.
não há espaço para discussão
                                          não há discussão por espaço.
morrer pela pátria, meu filho
                                        é tarefa árdua.
sei que não vai me decepcionar. confio em você.

CARTA DO FILHO AO PAI, AO SOM DE "PRA NÃO DIZER QUE NÃO FALEI DAS FLORES", DE GERALDO VANDRÉ.

morrer pela pátria, meu pai, como um verdadeiro patriota.
seguro um fuzil
mas miro em outro alvo, com outras armas.
atiro, sim, mas palavras tortas que atingem em cheio
esse circo louco.
deste lado da trincheira há mais cor, pai.
a farda que visto é nobre, sim
mas não é a mesma que vestia quando
saí de perto de você.
a farda que uso hoje é de um exército diferente
tenho uma causa
diferente.
você não entenderia.
sangue?
apenas dos camaradas que caíram, dos desvalidos, dos crucificados
dos anônimos por quem ninguém olha, por quem ninguém reza, por quem ninguém chora.
morrer pela pátria, pai? Só deste lado da trincheira vale a pena.
espero que ainda nos encontremos quando tudo acabar e que ainda
possamos olhar nos olhos um do outro e dizer: eu te amo!

EPISÓDIO 17

nada é em vão na noite vã.
na noite vã você deixa
um vão
entre seu reflexo no espelho.
o reflexo que te observa não é você
nem sou eu
esse reflexo que te observa não existe.
o reflexo que te observa do espelho não está lá, mas te observa o tempo todo.
é uma voz ancestral
que nasce dos côncavos
de sua própria existência
dos becos mais sombrios de sua memória.
nada é vão entre os desvãos que te entorpecem.
mesmo seu rosto refletido nos estilhaços
deste espelho.

ESTILHAÇOS
DO ESPELHO
QUEBRAM-SE
EM SEUS BRAÇOS
EM SUAS MÃOS
EM SEU CIGARRO ACESO
QUE APONTA FEROZ, O FIRMAMENTO ESCURO DA
NOITE.
SOMOS SERES ACUADOS
QUE BUSCAM ABRIGO
ENTRE PALAVRAS ALHEIAS.
ENTRE BEIJOS ALHEIOS.
ENTRE IDEIAS ALHEIAS
NTRE PENSAMENTOS ALHEIOS.
SEU SANGUE JORRA DE UMA CASCATA ANCESTRAL
DA QUAL SORVO TUAS VÍSCERAS.
SOMOS SERES VISCERAIS
QUE CAMINHAM POR ENTRE SEUS VÍCIOS VACILANTES.
COMO SOMOS
TODOS
NÓS.

o animal noturno ora vive nas sombras, ora na luz.
avança quando acuado
retrocede quando gritam por seu nome.
o animal noturno é um ser controverso
que cospe em versos toda essa contradição que o acomete.
sabe-se que vive por mera necessidade, e assim sempre será.
chora quando está só
e assim continuará eternamente.
sempre irá chorar por estar só, e por nenhum outro motivo.
o animal acuado não sente nada pelos outros,
venera apenas sua própria imagem.
esse é o animal acuado.
sempre atento ao que está por vir, sempre à espreita.
o animal noturno, que está sempre acuado, chama-se
poeta.

EPISÓDIO 18

FOME VORAZ
DESEJO CRUEL
VINHO DE DIONÍSIO
ESTÔMAGO DE PANTAGRUEL
TOQUE DE SÁTIRO
SONO DAS NINFAS
VOZ DE FAUNO
É SEU DEMÔNIO QUE LIMPAS
ALMA VENDIDA AO DIABO
MAS COMO RIOBALDO, SÓ ACREDITO VENDO
O DEMÔNIO DOS SERTÕES É METAFÍSICO
COMO ESSES ESTILHAÇOS QUE CARREGO.

EPISÓDIO 19

DIRETOR: LUZ PARA O PROSCÊNIO.

a noite fria é repleta de ruídos.
os ruídos que nos assombram do fundo das eras.
somos feitos de ruídos
que nos atingem de várias formas.
que nos atingem em todos os cantos.
corpos entrelaçados pelos desvãos da madrugada
desejo que emana pelos poros
pelos olhos
pela fumaça.
as ideias delirantes que nos acompanham por esta noite de fúria,
propagam esses teus gemidos em estertores trêmulos em meus ouvidos.
somos seres que gritam pela calada da noite
verdadeiros vampiros que olham seus estilhaços
no espelho, que não sorvem sangue.
sugam os reflexos dos notívagos
que passam
por aqui

seu perfume emana por este ar rarefeito.
por esta via mal iluminada.
pelas mãos deste poeta iconoclasta.
pelos olhos deste subversivo
renitente.
resoluto
redivivo
resistente.
afrontamos todos os cegos desta romaria com
nossos versos
profanos.

EPISÓDIO 20

CORO: NEFELIBATA QUE REPOUSA NAS NUVENS NOTURNAS DA LASCÍVIA, IDE! IDE SEMPRE, POIS SOIS VÓS, SERES NOTURNOS, QUE ENTENDERÃO OS ESTILHAÇOS DO ESPELHO QUE VOS CONSOME.

o poeta da lascívia

lascivo que é

persegue sombras depois do coito.

em vórtices metafísicos cambaleia,

ébrio que é,

pelo centro vazio desta cidade invisível.

todos somos invisíveis nessa província.

seres provincianos que preveem acrobacias estilísticas já há muito desgastadas.

seres noturnos

somos segregados nessa noite em desejos numa amplitude etérea

que nos guia por entre carícias que ardem tua pele.

carícias que me embriagam noite adentro

estamos perdidos dentro

da noite voraz.

escrevo teu nome com sangue, com fel,

com este amargor que triunfa

por todos os nossos corpos.

arrebata este beijo na trincheira dos golpistas.
olha meu rosto por entre as frinchas da porta
pela janela escancarada.
pelos olhos fechados.
sabe que me contagia com essa sede de desejo
desejos obscuros.
os olhares furtivos perdem-se pelo espelho partido.
desde que saí desta redoma,
não vejo mais seus olhos oblíquos que imploram afeto
nesta noite de ar rarefeito.
volte para a província dilacerada
em estilhaços
que nos cortam
até às chagas que nunca cicatrizam.

EPISÓDIO 21

DIRETOR (AOS ATORES NA COXIA): É A DEIXA PARA OS SETE ÚLTIMOS EPISÓDIOS. PREPAREM-SE!)

LUZ DA COXIA PARA O PROSCÊNIO.

OS ATORES SE DIRIGEM A SEUS LUGARES DEMARCADOS.

corpo no corpo
corpo a corpo
mãos abertas
em chagas fechadas.
olhos atentos pela noite de prenúncio
prevemos onde nossos corpos acabarão.
procurando lugar seguro pelos desvãos destas marcas abertas.
marcas abertas que nos levam
para lugares que não podemos ver.
encontramos um vão entre as frinchas de basquiat nesse muro ancestral.
esse muro ancestral que separa e devora nossos corpos.
somos devorados por nossos próprios corpos
que se abrem à noite
de mistério
à noite vã que sai dos becos
das bocas
da brasa que
dilacera corpos em desejos que prenunciam tudo o que podemos encontrar pelo caminho.
perdidos no caminho
caminho, caminho, caminho...

escrevi teu nome no espelho
escrevi teu nome de vermelho
para nos encontrarmos fora do tempo
para nos lembrarmos do que nunca foi esquecido
escrevi meu nome em teu corpo aberto
escrevi meu nome de vermelho em teu próprio deserto
durante meu próprio desterro
da pátria que não era minha
do prato vazio que continha
a essência da noite voraz
que devora a parte da frente e também a de trás
como convém, sempre, a quem julga e a quem sempre atira a primeira pedra
em quem passa pelo primeiro lance de escada que apenas desce
desce
    desce
        desce
para o primeiro lugar pelo qual ninguém irá procurar
por estes estilhaços.

o coração partido vem da colônia
como um lamento distante
como lágrimas que escorrem
pelas estações de além mar.
será que fico, amor?
vejo desespero nesses olhos errantes
que nos oprimem, sempre calados, sempre sonoros.
infante forasteiro, espero teu sinal de adeus
aguardo tua carta jogada ao mar
que vem dentro da garrafa
que singra os mares desta terra incógnita.
será que fico, amor?
o que me dizem teus lábios? o que me dizem teus olhos?
não posso escutar esse grito ancestral que oprime toda nossa geração.
somos uma horda de oprimidos
de crucificados sem cruz
de enforcados sem corda
de cegos sem um guia.
será que fico, amor?

EPISÓDIO 22

DIRETOR: TODA LUTA É VÁLIDA!

ILUMINADOR APONTA A LUZ PARA ALGUÉM QUE ENTRA NO TEATRO, DE ROUPA PRETA, CHAPÉU E OLHANDO DESCONFIADO PARA OS LADOS. É O PRÓPRIO AUTOR DA PEÇA, QUE VEM PARA OS ÚLTIMOS EPISÓDIOS. COMO É UM ARTISTA PERSEGUIDO, DEPOIS DE FINDO O ESPETÁCULO, VAI PARA A CLANDESTINIDADE.

LUZ VERMELHA...

CORO: “POR ISSO CUIDADO, MEU BEM
HÁ PERIGO NA ESQUINA.
ELES VENCERAM, E O SINAL
ESTÁ FECHADO PRA NÓS,
QUE SOMOS JOVENS”...

“Como nossos pais”, Belchior, na voz de Elis Regina (1976)

não há uma única luz acesa na rua
não há ruídos de gente
de vozes
de toques
de música
de poesia.
há sussurros
estertores
rumores
malfeitores
matadores
            de ilusão
artistas na prisão
não há um único som harmônico pelas ruas
apenas um silêncio ensurdecedor
                                        uma cegueira clara, muito clara.
a luz do fim do túnel apagou-se há muito tempo.

EPISÓDIO 23

as portas se fecharam quando você menos esperava
as portas que levam apenas ao lado de dentro
deste quarto escuro.
deste meu coração escuro
deste teu toque escuso
nossas bocas com farpas estilhaçadas
e todo o sangue que escorre em nossas mãos nos levam às entranhas da noite
          por caminhos tortos
                              em nossos corpos abertos sem um fim
exato.
as mãos apenas ferem o inalcançável
que sempre está ao lado
que nunca está ao lado
                         ao lado do desconhecido.
o desconhecido que narra sua própria decadência
que chora por sempre estar só.

ossos quebrados

sangue nas mãos

caminhos fechados

front na porta de casa

a arte toda na berlinda

celas ao ar livre

avisos aos desavisados que as grades se fecharam

fecharam

há pouco, muito pouco antes do último verso terminar, muito pouco antes do último toque à máquina

do último toque de afeto

do último

toque de desejo

toque

toque-se

pense no vaivém desta inquisição idílica por toda a cidade que só sobrevive no escuro

só sobrevive no escuro como poucos

como poucos

sempre como poucos

poucos soldados desarmados

poucos poetas cada vez mais loucos

cada vez menos.. ....

Homens de bem

essa falsa fala decrépita que avança como vermes que devoram
toda luz do sol na manhã clara,
sai das entranhas do obtuso
sai das entranhas do inominável
a falsa fala decrépita crepita sob o fogo sagrado de seu ofício
torpe
ofício torpe
do trapo que vira o trato
do toque escuso na mão do
parceiro ao lado.
do toque sutil dos camaradas
que comandam a vigília noturna
no turno febril
noturno voraz.
não pode-se nomear a vil, o vão, o vulgar
o raso, o rasteiro, o risível.
risível homem de bem.
o risível homem de bem ri de si próprio.
está na vanguarda de seu retrocesso como nunca esteve antes
mas como sempre estará.
sujais as mãos, camaradas, sujais as mãos de tinta, de palavras, de mel,
de voracidade, de vontade própria.
a falsa fala decrépita desaparece na própria nuvem obscura de seu vórtice.

EPISÓDIO 24

A COR DO SANGUE

ELE ACORDOU
LEVANTOU
SUCUMBIU
ELA ACORDOU
LEVANTOU
SUCUMBIU
NUNCA SE ENCONTRARAM
NUNCA FORAM
O QUE PODERIAM TER SIDO
ELES ACORDARAM
LEVANTARAM
DESISTIRAM DE PENSAR
NO QUE FARIAM COM TODAS AS PORTAS FECHADAS
EMBRIAGARAM-SE
DE SANGUE
DE SANGUE
DE VINHO
DE SONHO
MAS ACORDARAM
E NÃO DORMIRAM MAIS

a cor do sangue
nunca deixa para trás essas mãos calejadas
mãos que sufocam
prendem
matam
suicidam
vlado herzog?
presente
marighella?
presente
frei tito?
presente
a cor do sangue nunca deixa para trás essas mãos calejadas
os gritos ecoam
sempre em silêncio
é o araguaia
araguaia
araguaia

o sangue tem cor?

é um vórtice metafísico

absorvido por suas próprias entranhas

do começo ao fim

do começo ao fim

o sangue escorre pelas ruas da província

o sangue escorre pelas mãos do algoz

o sangue escorre por nossos olhos fechados e por nossas gargantas cortadas com o punhal do algoz infame

ínfimo

que fere, feliz, com foice a face branda do jovem que grita

o sangue tem cor?

o sangue destas mãos tem cor?

o sangue destas mãos tem cor?

você já escreveu uma carta de amor?
me diga, você já escreveu uma carta de amor?
eu desisti!
culpa de fernando e ophélia.
eu já escrevi cartas de amor repletas de lugares comuns, de palavras leves, de uma claridade
[que não tenho mais.
eu desisti das cartas de amor porque elas nada significam, não mais, não mais.
você já escreveu cartas de amor?
cartas repletas de sentimentalismo, de linguagem pueril, de desejos à flor da pele?
hoje você não tem mais tempo para escrever cartas de amor.
hoje você só escreve ofícios e estatísticas de quantas pessoas passam por suas mãos.
quantas pessoas passam por suas mãos?
pessoas passam por suas mãos até desaparecerem, até desvanecerem, até sumirem em uma
[névoa que quase não se enxerga...
você já escreveu cartas de amor, mas até isso tiraram de você.
até isso tiraram de nós, até isso tiraram de vós.
as cartas de amor nada significam
principalmente aquelas que vêm da cor do sangue.
é um sangue coagulado e que escorre a qualquer hora do dia.
escorre a qualquer hora do dia e por qualquer viela da cidade.
o sangue coagulado que escorre pela viela da província é um sopro nesta corrente
[metafísica que nos rodeia.
escorre sempre, mas nunca, jamais, se esgota.
continua pingando das chagas dos desvalidos
das pústulas dos leprosos
das bocas das prostitutas
dos olhos dos poetas
dos versos dos oprimidos
dos gritos dos excluídos
e assim continuará
enquanto houver
sangue
a derramar.
qual é a cor do sangue?

EPISÓDIO 25

CORO: AVANCE, POETA. PEGUE O QUE É SEU, TUDO O QUE LHE PERTENCE, POIS A LUTA CONTINUA DE QUALQUER FORMA, EM QUALQUER LUGAR, COM QUALQUER PESSOA...

DIRETOR: EM SEUS LUGARES (RUÍDO SECO. FORTE. TIROS).

cada animal noturno volta para sua toca,
acuado
        amedrontado.
cada notívago percebe sua própria fraqueza
diante de seu próprio algoz que reflete de seus estilhaços
do espelho partido.
são 27 estilhaços que refletem, à sua maneira, reflexos distintos em um espelho metafísico.
o poeta é formado de espasmos
                                        estanques
                                                        episódios que atormentam
e ferem a sina de errante noturno.
sina sinestésica do eterno sinal metafísico
as sinapses sonoras de seu cérebro invadem cada espaço vago de seu ventre
com suas vestes puídas
com sua voz rouca com resquícios de uma noite ancestral.
o poeta retorna para o regaço de uma pietà ontológica que grita seu afeto
desfeito no ato descontínuo da tortura
no ato descontínuo da barbárie.

seus olhos se esvaem
são levados pelo vento
pela cor discreta que não se vê.

meus olhos não encontram os teus
por trás dessas grades invisíveis.
nossas mãos não se tocam
por cima dessa camada de indiferença.
gritamos por aquilo que desejamos,
mas nossas vozes não são ouvidas
                                        e se houve algum vulto atrás de nós,
não foi visto.
feche seus punhos
não dê nenhum passo em falso
punhos em riste
                    você resiste
meça cada centímetro deste teu espaço,
pois vai se transformar em pó.
                                    esse teu abismo entre grades te leva embora
mais rápido do que imaginas.
quero poder olhar nos teus olhos e gritar
sempre gritar.
mesmo que você não ouça, mesmo que você não me entenda, mesmo que eu não te entenda.
ainda assim, quero gritar, gritar sempre, gritar pra fora do tempo, gritar pra cima.
sabe aqueles gritos que nos arrepiam?
                                            aqueles gritos ontológicos, de dentro pra fora
sempre de dentro pra fora
quando eu gritar, quando urrar a tudo que nos pertence,
por todos que nada têm
                            por todos que já morreram,
serei ouvido.
gritaremos pelos oprimidos
                                pelos desvalidos
                                                pelos bestializados.

estamos inseridos nessas hordas
sempre no underground.
gritamos, ainda que não sejamos escutados
ainda que não sejamos levados a sério,
ainda assim gritamos.
choramos mesmo que não sintamos mais nada,
mesmo que todo resquício de esperança tenhas se esvaído pelas trincheiras desta distopia,
ainda assim gritamos.

EPISÓDIO 26

ATORES REUNIDOS NO CENTRO DA CENA; AGENTES DA REPRESSÃO IMPEDEM A ENTRADA DE MAIS GENTE NA PORTA DO TEATRO.

"O Grito", Edvard Much (1883)

Óleo sobre tela, têmpera e pastel sobre cartão.

Galeria nacional, Oslo.

indiscutivelmente
o general, com sua farda verde oliva e coturno reluzente, mente.
indiscutivelmente, o general com sua voz
retumbante que ecoa no auditório,
fuzila seu oponente
indiscutivelmente
in
 dis
  cu
   ti
    vel
     mente
o general mente
e quem tem a mente
sob domínio dessa gente
paga com sua própria sorte
quem da morte não escapa
e com ela faz aliança
indiscutivelmente, os generais mentem
e têm a mente sob controle
controlam tudo aquilo que não podem ver
indiscutivelmente, o general sente, na pele, a sua própria mente
que afunda.
à beira
do penhasco
o senhor de uniforme
dá o primeiro tiro.
à beira da
loucura,
o poeta recebe, pelas costas,
o tiro que lhe liberta.
tiros e gritos metafísicos
sonhos e devaneios insanos,
é por isso que sempre gritamos?

será por isso que morremos?
o grito pelo qual atendemos
é real?
realmente ouvimos o chamado
                                        pelo qual reivindicamos a vida inteira?
ainda perseguimos fantasmas pelos caminhos tortuosos da noite
que nos oprime
                    sempre nos oprime
                                          e sempre irá oprimir.
à beira da loucura ainda reconheceremos um ao outro pela manhã?

CÓDICE
VÓRTICE
VÉRTICE
VIRE-SE
RETRATE-SE
DESCUBRA-SE
GRITE
GRITE-SE
FODA-SE
COMA-SE
CHUPE-SE
FALE
RECLAME
PEÇA
SODOMIZE
TOQUE
TOQUE-SE
MASTURBE-SE
GOZE
VISLUMBRE
O QUÊ
SERÁ
A ÚLTIMA VISTA DO AMANHÃ

I

o punhal infame corta a garganta do notívago.

II

a fala grotesca do presidente arregaça nossos arroubos febris.

III

o cinismo dos homens de terno vence as entrelinhas.

IV

a falácia desbanca o lirismo do não dito.

V

o poeta morre com um tiro na cabeça. o sangue escorre
enquanto o algoz ainda sorri.

EPISÓDIO 27

CORO: VAI, POETA, VAI SER COBAIA NA VIDA. VAI GRITAR PARA NINGUÉM OUVIR E ESCREVER PARA NINGUÉM LER.

VAI, POETA, VAI SER NADA NA VIDA...

reverenciar pra quê?
humilhados
ofendidos
excluídos
dos subúrbios, dos guetos
dos becos e das esquinas:
joguemos nossas mãos para o alto.
rasguemos nossos versos embebidos de um grito atávico de revolta.
o mensageiro já conquistou seu objetivo.
o poeta já gritou por seu afeto.
seque as lágrimas que não param
nunca de escorrer.
lá naquela esquina escura ainda nos encontraremos
cigarro aceso
                sendo líricos e rebeldes como sempre fomos.
talvez me retire por uns tempos
talvez ninguém me veja por uns tempos.
mas se houver um max brod entre vós,
os versos permanecerão.
por mais que já tenha dito tudo, os versos
                                        permanecerão.
fujo de mim mesmo quando olho para meu rosto nestes 27 episódios diante do espelho.
fujo, sempre, para ainda poder olhar para nós.
fujo para ainda vos encontrar ao ar livre, sorrindo, gritando,
gozando.
sem amarras, mordaças, sem tarja preta
pois os versos são plenos dessa forma.
versos plenos de forma
                        plenos de força
                                    plenos de luta
                                                repletos de vigor.
apago-me, agora, nessa linha tênue que separa as frinchas partidas do espelho,
apago-me entre os reflexos claros de ecos ancestrais
e da voz rouca sem cor.
apago-me.

pólen soft 80 gr/m2
tipologia hatch
impresso no verão de 2021

DICIONÁRIO BÁSICO DE

BIOLOGIA

OCTACÍLIO LESSA

PONTOS DA BIOLOGIA MODERNA:

O PROGRESSO DA BIOQUÍMICA;

O RESPEITO AO MEIO-AMBIENTE;

O EFEITO ESTUFA X FOTOSSÍNTESE;

O PAPEL CRUCIAL DOS DECOMPOSITORES;

SELEÇÃO NATURAL: SOBREVIVÊNCIA DE MICROORGANISMOS PATOGÊNICOS.

2ª Edição
Ampliada e Revista

EDITORA CIÊNCIA MODERNA

Dicionário Básico de Biologia - 2ª Edição Ampliada e Revista

Editor: Paulo André P. Marques
Supervisão Editorial: Aline Vieira Marques
Coordenação: João Carlos Amarante Castilho
Copidesque: Vanessa Motta
Capa: Carlos Arthur Candal
Ilustração da capa: Luiza Lessa
Diagramação: Janaina Salgueiro
Assistente Editorial: Laura Souza

FICHA CATALOGRÁFICA

LESSA, Octacílio Ribeiro.
Dicionário Básico de Biologia - 2ª Edição Ampliada e Revista
Rio de Janeiro: Editora Ciência Moderna Ltda., 2021.

1. Biologia
I — Título

ISBN: 978-85-399-0122-7 CDD: 574

Editora Ciência Moderna Ltda.
R. Alice Figueiredo, 46 – Riachuelo
Rio de Janeiro, RJ – Brasil CEP: 20.950-150
Tel: (21) 2201-6662/ Fax: (21) 2201-6896
E-MAIL: LCM@LCM.COM.BR
WWW.LCM.COM.BR

07/21